1781

Für meine Frau
und meine Kinder

Da
Ganz einfach
Unter dem fallenden Schnee

Kobayashi Issa
(1763–1827)

和紙

WASHI

Die neunte Tagung des zwischenstaatlichen Ausschusses für die Erhaltung des immateriellen Kulturerbes findet vom 24. bis 28. November 2014 im Sitz der Unesco in Paris statt.
Dieser Ausschuss verfolgt insbesondere das Ziel, eine bessere Sichtbarkeit des immateriellen Kulturerbes zu gewährleisten.
Das Kulturerbe wird in eine repräsentative Liste eingetragen, die von der Unesco erstellt, geführt, aktualisiert und veröffentlicht wird.

和紙

Meister Kurogiku sitzt auf dem Boden.
Seit etwas über einer Stunde schon.
In *Zazen*-Haltung.
Vor ihm ein quadratisches Blatt Papier.
Etwas zerknittert.
Auf einem niedrigen Holztisch.

Zu seinen Füßen schnurrt die Katze Ima.

和紙

Kurogiku bedeutet: *schwarze Chrysantheme.*

In Japan ist die Chrysantheme eine heilige Blume. Sie symbolisiert Freude, Lachen und Ewigkeit.
Bis heute ist sie das Emblem des japanischen Kaiserhauses. Der Chrysanthemenorden ist in Japan die höchste Auszeichnung.
Meister Kurogikus Vater war ein fröhlicher Mann. Er legte Wert darauf, dass sein Sohn das Symbol der Freude in sich trug, der die edle Blume die höchste Würde verlieh.

和紙

Meister Kurogiku sitzt in *Zazen*-Haltung.
Draußen verbrennt die Sonne der Toskana
Haut und Gräser.
Meister Kurogiku sitzt im Schatten,
auf seiner Veranda.
Vor ihm liegen die Trümmer eines verfallenen
Schwimmbads.
Er sieht sie nicht.
Meister Kurogiku betrachtet etwas anderes.
Ein Blatt Papier.
Quadratisch.
Und zerknittert.

和紙

Meister Kurogiku hat einen Beruf.
Er ist sechzig Jahre alt und stellt *Washi* her, das er dann verkauft.
Washi ist ein japanisches Papier, die Geheimnisse seiner Herstellung werden seit dem achten Jahrhundert von Generation zu Generation weitergegeben.
Tatsächlich wählt er, bevor er es verkauft, ein paar Blätter aus. Die schönsten.
Zu seinem persönlichen Gebrauch.
Von den übrigen trennt er sich, um sie zu verkaufen.

和紙

Washi bedeutet: *Papier des Friedens und der Harmonie.*

Das Wort besteht aus zwei Kanji.

Das erste Kanji 和 bedeutet *Friede, Harmonie.* Im weiteren Sinne bezeichnet dieses Kanji alles, was aus Japan stammt.

Das zweite Kanji 紙 bedeutet *Papier.*

和紙

Im Alter von zwanzig Jahren verlässt
Meister Kurogiku Japan.

Vor der Abreise lädt sein Vater ihn zum *Chadō* ein,
der traditionellen Teezeremonie.
Er gibt ihm ein gefaltetes Blatt Papier.
Ein Origami.
Es stellt einen Kranich dar.

和紙

Nach fünfzehntägiger Reise kommt Meister
Kurogiku völlig mittellos in Italien an,
in der Toskana. Er findet eine Ruine für die Nacht.
Er pflanzt drei Baumsetzlinge und schläft ein.

和紙

Die Ruine liegt hoch über einem grünen Meer, einer endlosen, hügeligen Weite.
In einem jener Winkel Italiens, in denen es keine Wege gibt und die zu weit vom nächsten Dorf entfernt sind, um irgendeinen Namen zu tragen.
In einem jener Winkel Italiens, in denen es nicht immer warm ist.
Eines Tages wird vielleicht der Eigentümer kommen. An diesem Tag wird Meister Kurogiku gehen müssen.
In der Nacht nach seiner Ankunft schläft er dort.

和紙

Aus Japan hat Meister Kurogiku nur seinen schwarzen Kimono, sein Wissen um das *Washi* und seine Bäume behalten.
Seine Bäume.
Als einziges Gepäck auf seiner weiten Reise trägt er einen Blumentopf.
In dem Topf, drei Baumsetzlinge.

和紙

An jeder Grenze stellt man ihm dieselbe Frage.
– Etwas zu verzollen?
– Nein.
– Und das da?
– Das sind drei Baumsetzlinge.
– Die müssen Sie deklarieren.
– Nun, dann deklariere ich sie: Ich besitze drei Baumsetzlinge.
Man schaut ihn an.
– Sind sie gefährlich?
– Jede Schönheit hat ihre Schattenseite ...
– Wie meinen Sie?
– Nichts ... nichts. Nein, sie sind nicht gefährlich. Sie werden nicht explodieren.
– Nichts anderes zu deklarieren?

– Nichts anderes. Nur drei Baumsetzlinge.
– Drei Baumsetzlinge.
– So ist es.
– Dann gehen Sie weiter. Gute Reise.

Und man lässt ihn passieren.

和紙

Manchmal fragt man ihn:
– Was sind das für Bäume, diese Setzlinge?
– *Kōzo.*
– Was ist das denn?
– Der Name des Baums.
– Kenne ich nicht.
– Sehen Sie diese Setzlinge und diese Blätter?
– Ja.
– Das ist ein *Kōzo.* Sie sehen den Baum und Sie hören seinen Namen. Jetzt kennen Sie ihn.
– Dann gehen Sie weiter.
Manchmal dreht sich der junge Kurogiku um
und sagt:
– Der andere Name des *Kōzo* lautet:
Papiermaulbeerbaum.

和紙

Manchmal fragt man ihn:
– Reisen Sie geschäftlich oder zum Vergnügen?
Weder noch.
– Geschäftlich.
– Was für eine Art Geschäfte?
Beim ersten Mal muss er nachdenken.
Er betrachtet seine drei Setzlinge und antwortet:
– Papier.
Papier.
– Papier?
– Papier.

Papier.

Dann lässt man ihn passieren.

和紙

Manchmal fragt man ihn:
– Kennen Sie dort jemanden?
– Ja.
– Name?
– Kurogiku.
– Nicht Ihren. Wen besuchen Sie?
Wen ...
Beim ersten Mal muss der junge Kurogiku nachdenken.
Nach einer Pause antwortet er:
– Signorina Tschão.

Dann lässt man ihn passieren.

和紙

Aus den Begegnungen entstehen Gespräche.
– Kennen Sie dort jemanden?
– Ja. Ich reise einer Frau nach. Signorina Tschão.
– Geschäftlich?
– Geschäftlich.
– Papier, sagten Sie?
– Papier, ja, Papier.
– Um es ihr zu verkaufen? Ihr abzukaufen?
– Nein. Um es ihr zu schenken.
Die Antwort ist ihm diesmal herausgerutscht.
Diese Antwort könnte weitere Fragen nach sich ziehen.
Stattdessen lächelt man ihn an.
– Das ist doch kein *business*. Das ist Liebe.
– Nennen Sie es, wie Sie wollen.
Man lässt ihn passieren.

Manchmal ruft man ihn zurück.

– Herr Kurogiku?

Der junge Kurogiku dreht sich um.

– Ja?

– Viel Glück.

和紙

Meister Kurogiku ist heute sechzig Jahre alt
und lebt immer noch in seiner Ruine.
Der Eigentümer der Ruine ist nie gekommen.
Die drei *Kōzo*-Bäumchen haben sich vermehrt.
Und wie jeder Nomade, der sesshaft wird, hat auch
Meister Kurogiku sich eingerichtet. Die Ruine
ist keine mehr.
Heute sieht das Haus aus wie jedes andere
Arme-Leute-Haus, instandgehalten so gut es geht.

Überall ringsum *Kōzos*.
Und eine Katze, Ima.

和紙

Um *Washi*-Papier herzustellen, braucht man *Kōzo*.
Der *Kōzo* ist ein Maulbeerbaum. Man nennt ihn auch *Papiermaulbeerbaum*.
Der *Kōzo* mag trockene Böden, er wächst schnell, verbreitet sich schnell und hält eisigen Temperaturen stand.
Seine Blätter sehen ein wenig aus, als seien sie von Raupen angefressen.
Die männlichen Blüten sind hässliche, baumelnde Stängel, die an nach der Anstrengung erschlaffte Phallusse erinnern.
Die weiblichen Blüten gleichen braunen Testikeln, aus denen lange weiße Fäden ragen, die eine besonders unästhetische Wirkung erzeugen.

和紙

Mit seiner Neigung zum Wuchern, seinen hässlichen Geschlechtsorganen, seiner Widerstandsfähigkeit gegen eisige Temperaturen und Trockenheit könnte der *Kōzo* fast ein Unkraut sein.

Aber.

Von den Zweigen dieses Baumes schält man die Rinde. Aus der Rinde der Zweige dieses abstoßenden Baumes stellt man Papier her. Und nicht irgendein Papier.

Eines der schönsten und widerstandsfähigsten Papiere der Welt.

Das *Washi.*

和紙

Das *Washi* ist ein weiches, geschmeidiges und zugleich widerstandsfähiges Papier.
Seine Ränder sind unregelmäßig und zerfranst.
Bei Tageslicht kann man die Holzfasern durchscheinen sehen.
Die Japaner verzieren und färben es.
Das *Washi* dient der Herstellung von Taschen, Raumteilern und Lampen, aber auch von Kissen und Schuhen.

Aber jede Schönheit hat ihre Schattenseite ...

和紙

Meister Kurogiku hat die Kunst der *Washi*-Herstellung von seinem Vater gelernt, der sie wiederum von seinem Vater gelernt hatte.

Wenn der Winter kommt, geht Meister Kurogiku in seinen Garten und schneidet *Kōzo*-Zweige.
Er schnürt sie zu Bündeln und stellt sie hochkant in ein Dampfbad, um sie aufzuweichen und die Rinde leichter abziehen zu können.
Er lässt die Rinde trocknen und schabt dann die letzten bräunlichen Unreinheiten ab.
Er legt die Rinde auf die Erde – oder auf den Schnee, wenn welcher liegt –, um sie in der Sonne zu bleichen.
Trotz der Winterkälte wäscht Meister Kurogiku die

Rinde in einem Bad aus eisigem Flusswasser.
Mehrere Tage lang.
Dann taucht er sie in einen Kessel voll kochendem Flusswasser, bis sie aufgeweicht ist.
Trotz der Winterkälte wäscht Meister Kurogiku die Rinde erneut in einem kleinen Bottich mit eisigem Flusswasser.
Er arbeitet mit großer Sorgfalt. Auf den Knien. Rinde für Rinde. Um die letzten Unreinheiten zu entfernen.

Dieser Vorgang verlangt Zeit und Geduld.

Er legt die Rinde auf einen Tisch und schlägt sie mit einem Stock, um die Fasern zu trennen.
Am Ende vermischt er sie mit Wasser und einem unverzichtbaren natürlichen Bindemittel – dem *Tororo Aoi*.
Um *Washi* herzustellen, braucht man *Kōzo*, aber auch *Tororo Aoi*.
Der *Tororo Aoi* ist eine Pflanze, deren Wurzeln man mit einem Schlägel bearbeitet und dann in kaltes Wasser taucht. Sie sondern eine schleimige Substanz ab, die den Fasern als natürlicher Klebstoff dient.

Die Breimasse ist fertig.

和紙

Meister Kurogiku gibt die Breimasse in einen großen Wasserbottich. Die Masse vermischt sich mit dem Wasser. Das Ganze wird zur Pulpe.
Der *Tororo Aoi* hält die Fasern im Wasser in der Schwebe. Ohne *Tororo Aoi* würde die Pulpe sich am Boden absetzen.
Meister Kurogiku schöpft die Pulpe ab. Er taucht einen Bambusrahmen in den Bottich, auf dem eine Matte befestigt ist, ebenfalls aus Bambus. Das Sieb hält die Pulpe zurück und lässt das überschüssige Wasser abfließen.
Er schwenkt den Rahmen, verteilt die Pulpe. Seine Bewegungen sind energisch, damit das Wasser herausgeschleudert wird. Er dreht den Rahmen um; die letzten Wassertropfen regnen herab und

sprenkeln den Boden. Die Pulpe haftet am Sieb.
Meister Kurogiku legt das Sieb auf eine Platte,
Pulpe gegen Platte.
Er löst das Sieb, die Pulpe bleibt an der Platte haften.

Er beginnt von neuem und legt jede neue Pulpeschicht auf die vorige. Der *Tororo Aoi* verhindert, dass die Blätter zusammenkleben.
Am Ende erhält er einen Stapel von übereinanderliegenden Blättern. Er presst sie mit Hilfe eines Schraubstocks, den er über dem Stapel zudreht.

Am nächsten Morgen löst er den Schraubstock, nimmt die Blätter eins nach dem anderen heraus. Die Blätter gleichen weißen Baumwolllaken, steif und feucht.
Meister Kurogiku hängt sie auf eine senkrechte Platte, bürstet die Blätter eins nach dem anderen, um sie ganz auszubreiten und jede Falte zu glätten.
Er trägt jede Platte einzeln hinaus und setzt sie den Strahlen der Sonne aus.
Wenn die Blätter trocken sind, löst er sie von der Platte und legt sie zu einem Haufen zusammen.

和紙

Meister Kurogiku setzt sich vor den *Washi*-Haufen.
In *Zazen*-Haltung.

Und schweigt.

Etwa eine Stunde lang.

Reglos.

和紙

Ein junger Mann ist seit mehreren Tagen zu Fuß unterwegs. Er kommt hier an, nachdem Einheimische ihm den Weg gewiesen haben.
Die Leute, denen er begegnet ist, hat er gefragt:
– Ich suche eine Unterkunft. Können Sie mir sagen, ob jemand in der Gegend ein Zimmer vermietet?

Auf diese Frage antworten ihm alle:
– Gehen Sie zu Herrn Origami.
– Das ist doch kein Name.

Auf diese Bemerkung antworten ihm alle:
– Niemand hier kennt seinen Namen. Alle nennen ihn Herrn Origami.
– Wer ist dieser Herr Origami?

Auf diese Frage antworten ihm alle:

- So nennen ihn alle.
- Wo kann ich ihn finden?

Auf diese Frage antworten ihm alle:

- Er wohnt dort oben.
- Dort oben?

Auf diese Frage lächeln alle und niemand antwortet.

和紙

Der junge Mann kommt vom Tal her.

Man hört seine Schritte auf dem gelben Kies des Weges, der zum verfallenen Schwimmbad des Hauses führt.

和紙

Draußen schneidet eine Frau reifen Alters – etwa fünfundfünfzig – die Zweige der Bäume und schnürt sie zu Bündeln.
Der junge Mann kommt bei ihr an.
Er fragt:
– Ist hier das Haus von Herrn Origami?
– Nun, nicht direkt. Aber hier ist der Ort, wo Sie ihn finden können, wenn Sie ihn suchen.
– Eigentlich suche ich nicht ihn. Ich suche eine Unterkunft. Man hat mir gesagt, ich könne hierherkommen.
– Ja, das können Sie. Wie heißen Sie?
– Casparo.
– Willkommen, Casparo. Ich heiße Elsa.
Casparo sieht sie an.
– Was ist?

– Es tut mir leid, es ist nur …
– Was?
– Nun, Ihr Vorname …
– Was ist mit meinem Vornamen?
– Es ist ein Kleinmädchenvorname.
Elsa lacht herzlich.
– Danke.
– Sie sind nicht beleidigt?
– Nein. Nein, Casparo, ich bin nicht beleidigt. Aber wirklich …
Elsa lächelt verschmitzt.
– Ich wünsche dir, dass du hierbleiben kannst. Und wenn es so kommt …
– Ja?
– Dann werde ich dich bitten, mich *kleines Mädchen* zu nennen.
Casparo lächelt ebenfalls.
– Einverstanden. Einverstanden, kleines Mädchen.
– Geh. Du findest Herrn Origami auf der Veranda.
– Danke. Danke, kleines Mädchen.
Elsa lächelt und wendet sich wieder ihren Bündeln zu.

和紙

Vor dem Haufen *Washi*-Blätter taucht Meister Kurogiku langsam aus seiner Meditation auf.

Meister Kurogiko macht sich jetzt an den letzten Schritt.

Die Auslese.
Meister Kurogiku nimmt ein Blatt, betrachtet es, betastet es, riecht daran und legt es zu seiner Linken.
Er nimmt ein weiteres Blatt, betrachtet es, betastet es, riecht daran. Vielleicht wird er es auf das erste legen, vielleicht nicht.
Er nimmt die Blätter, eins nach dem anderen, und legt sie nach rechts oder nach links, gemäß ihrer

Gestalt und ihrer Farbe, ihrem Geruch und ihrer Geschmeidigkeit, ihrer Feinheit und ihrer Körnung.

和紙

Zwei Haufen.

Links die schönen Blätter.
Rechts die anderen.

Die schönen Blätter behält er.
Die anderen verkauft er.

和紙

Meister Kurogiku verkauft seine schlechten Blätter
und behält die schönen.
Denn er stellt das *Washi* nicht her, um es zu verkaufen.
Sondern um es zu *falten*.

In gewisser Weise ist der Verkauf ein zweitrangiger,
sogar völlig nebensächlicher Teil seiner Arbeit.
Denn Meister Kurogiku stellt das Papier nicht her,
um davon zu leben, sondern um seine Leidenschaft
zu stillen.
Er stellt das *Washi* nicht her, um es zu verkaufen,
sondern um es zu *falten*.

Denn Meister Kurogikus wahre Leidenschaft im Leben
ist: das *Origami*.

和紙

Meister Kurogiku sitzt in *Zazen*-Haltung und betrachtet den *Washi*-Haufen, den er für sich behalten hat.
Nicht weit von ihm schnurrt die Katze Ima.
Draußen geht der junge Mann am Schwimmbad entlang durch die *Kōzo*-Alleen. Und erreicht die Veranda. Als einziges Gepäck trägt er eine Umhängetasche aus abgenutztem braunem Leder.

Meister Kurogiku nimmt ein Blatt, schneidet es zu einem Quadrat.
Der junge Mann geht die paar Steinstufen hinauf. Er steht auf der Veranda und sieht den alten Mann. Er geht auf ihn zu. Als er näherkommt, bewegt die Katze leicht den Schwanz.

Meister Kurogiku beginnt ein Origami. Er faltet das Blatt zweimal diagonal, dann zweimal entlang der Mittellinien. Er faltet es wieder auf. Das Blatt trägt die Spur eines achtstrahligen Sterns.
Der junge Mann steht jetzt vor ihm. Er sagt:
– Herr Origami?

折り紙

ORIGAMI

Fünf Tage lang prüft der Unesco-Ausschuss 46 Bewerbungen.
Unter diesen Bewerbungen finden sich insbesondere:

– Der Vorschlag Frankreichs: Gwoka – Musik, Gesang, Tanz und kulturelle Praktik auf Guadeloupe,

– Der Vorschlag Brasiliens: Capoeira,

– Der Vorschlag aus Kasachstan und Kirgistan: Wissen und Kenntnisse über den Bau der Jurte (nomadische Wohnstätte der Turkvölker),

– Der Vorschlag Argentiniens: Café-Kultur in Buenos Aires: Rituale, Gebräuche und soziale Beziehungen,

– Der Vorschlag Usbekistans: Askiya – Kunst des Witzes und geistiger Wendigkeit

– Der Vorschlag der Mongolei: Mongolisches Knöchel-Schießen.

Und weitere Vorschläge, die sich unter anderem auf Brot, Seidenkopftücher, die Rauchsauna und Regentänze beziehen.

折り紙

Das Origami ist eine alte Volkskunst aus China.
Wie das *Washi.*
Das nach Japan importiert wurde.
Wie das *Washi.*
Es heißt, buddhistische Mönche hätten die Papierfaltkunst nach Japan gebracht.
Sie wird zu religiösen und dekorativen Zwecken verwendet.
Sie dient den Samurai-Kriegern, die *Noshi* austauschen.
Noshi sind kleine Schachteln, die mit Nahrung gefüllt werden.
Zu jener Zeit faltet man die Zeugnisse, bevor man sie den Studenten gibt. Sind die Urkunden einmal aufgefaltet, ist es nicht mehr möglich, sie wieder zusammenzulegen, ohne das Zeugnis zu

beschädigen oder neue Falten hinzuzufügen. Wenn der Empfänger beim Öffnen seines Zeugnisses Falten sieht, die da nicht sein sollten, hat er den Beweis, dass jemand die kostbare Urkunde vor ihm geöffnet – und gelesen – hat.

折り紙

Die Regeln des Origami sind einfach.
Wie so oft macht die Einfachheit der Regeln es umso schwieriger, die Kunst zu beherrschen.
Alle Regeln sind in dem Wort selbst enthalten: *Origami*.
Oru: »falten«. *Kami*: »Papier«.
Nicht mehr, nicht weniger.
In der Kunst des Origami faltet man Papier.
Es ist verboten, das Papier zu *schneiden*.
Es ist verboten, das Papier zu *kleben*. Es ist verboten, das Papier zu *zerreißen*. Es ist verboten, das Papier zu *spalten*. Es ist verboten, das Papier zu *durchbohren*.
Mit anderen Worten, es ist verboten, mit dem Papier irgendetwas anderes zu machen, als es zu falten.
Hingegen ist es erlaubt, mehrere Blätter zu verwenden und die einzelnen Module zusammenzustecken. Bei

den komplexesten Modellen ist es auch erlaubt, das Papier zu befeuchten.

Das Papierformat ist frei. Oft quadratisch. Manchmal rechteckig. Selten rund.

Die Kunst des Origami ist eine Kunst mit einfachen Regeln.

Die Kunst des Origami besteht darin, ein Blatt Papier zu nehmen.

Und es zu falten.

折り紙

Das Origami kennt nur zwei Faltungen.

Zwei.

Die Talfalte. Und die Bergfalte.
Die Talfalte wird *nach vorne* gefaltet.
Die Bergfalte wird *nach hinten* gefaltet.
Alle anderen Faltformen gehen aus diesen beiden Grundfaltungen hervor: Die Knickfaltung, die Zickzackfaltung, die Gegenbruchfaltung, die Quetschfaltung, die Senkfaltung, die Hasenohrfaltung, die Blütenblattfaltung.

折り紙

Das in Japan beliebteste und symbolträchtigste Origami ist der Kranich.
Wer es schafft, tausend Papierkraniche zu falten, dem wird der Legende zufolge jeder Wunsch erfüllt.

Senbazuru. Die Legende der tausend Kraniche.

折り紙

Eines Tages kommt diese Legende einem japanischen kleinen Mädchen zu Ohren.
Sie heißt Sadako Sasaki.
Sie ist zwölf Jahre alt.
Sie lebt in Hiroshima.

折り紙

Sadako wird 1943 geboren. Als sie anderthalb Jahre alt ist, werfen die Vereinigten Staaten von Amerika über Hiroshima die Atombombe ab.
Sadako überlebt.

Im Alter von zwölf Jahren wird bei ihr eine Form von Leukämie diagnostiziert, die durch die Strahlung der Bombe verursacht wurde.

Ein paar Monate später stirbt sie daran.

折り紙

Kurz vor ihrem Tod hört Sadako von der Legende der tausend Kraniche.
Sie schafft es, 644 Papierkraniche zu falten, bevor sie stirbt.

Heute steht in Hiroshima ein Denkmal des zum Symbol gewordenen Kindes, das einen Origami-Kranich in den hocherhobenen Händen hält. Im Friedenspark.

折り紙

Die Legende der tausend Kraniche wird heute von der japanischen Raumfahrtagentur, der Jaxa, bei der Auswahl der Astronauten verwendet.
Die Jaxa prüft, ob ihre Astronauten langen Weltraummissionen gewachsen sind. Wie? Indem sie sie tausend Papierkraniche falten lässt.

Das Origami kennt nur zwei Falten.

Zwei.

Sie werden zur Auswahl der Astronauten verwendet.

Zwei Falten.

折り紙

Der junge Mann steht vor Meister Kurogiku.
– Herr Origami?
Meister Kurogiku regt sich nicht.
Der junge Mann regt sich auch nicht. Seine Reglosigkeit ist jedoch von anderer Art.
Unsicher.
Meister Kurogiku regt sich nicht.
Der junge Mann zögert. Er bleibt noch ein paar Sekunden stehen. Dann tritt er einen Schritt zurück und geht davon.

折り紙

Bis heute hatte Meister Kurogiku nie reagiert.

Eines Tages hat jeder den Wunsch, dass etwas sich ändert – oder aufhört.
Plötzlich ist dieser Moment da.

Für Meister Kurogiku ist dieser Moment heute gekommen.

Es ist Zeit, etwas zu ändern.

Das ist er sich schuldig. Sich selbst.
Dieser Junge ist eine Chance.

折り紙

Während er zum Ende der Veranda zurückgeht, hört Casparo hinter sich ein Flüstern:
– Nennen Sie mich nie wieder so.
Der junge Mann dreht sich um.
Und sieht ihn.
Direkt vor sich.
Meister Kurogiku steht ihm gegenüber.
Genau da.
Der junge Mann hat nicht gehört, dass er ihm gefolgt ist.
Draußen in den *Kōzo*-Alleen hört Elsa auf, Zweige zu schneiden. Und schaut sie an.
Casparo schaut auf die Füße des alten Mannes. Sie sind nackt. Der junge Mann kann nichts sagen.
Kann nichts tun.

– Name.
Der junge Mann antwortet nicht sofort.
Er hebt den Kopf. Ihre Blicke begegnen sich. Der Alte sieht ihn unverwandt an. Ausdruckslos.
Der Junge fasst sich wieder.
Meister Kurogiku sieht ihn an.
– Casparo ... Ich heiße Casparo.
– Vorname oder Nachname.
Die Frage wird ohne Stimmhebung gestellt.
– Vorname oder Nachname.
– Vorname ... Casparo ist mein Vorname.
– Casparo.
– Ja.
– Das ist kein Vorname.
– Es ist meiner.
Stille.
– Casparo. Nennen Sie mich *nie wieder* Herr Origami.
– Ich bitte um Entschuldigung. Ich weiß nicht, wie Sie ... Man hat mir gesagt ...
Meister Kurogiku unterbricht ihn:
– Sie heißen Casparo.
– Ja.
– Woher weiß ich das.
– Woher ... Woher Sie das wissen? Nun ... Sie ... Sie haben mich gerade ...
– Was.
– Sie haben mich gerade gefragt.
Meister Kurogiku sieht ihn an.
Ausdruckslos.

– Sie kennen meinen Namen nicht. Ich kenne Ihren, weil ich Sie danach gefragt habe.
– Ich bitte Sie um Verzeihung. Die Leute haben gesagt …
– Die Leute.
– Ja … Ich suche eine Unterkunft. Man hat mir Ihren Namen genannt. Man hat mir gesagt: *Gehen Sie zu Herrn Origami. Er wohnt dort oben.*
Stille.
Casparo zögert, dann fragt er:
– Wie heißen Sie?

折り紙

– Ich heiße Kurogiku.
– Kurogiku?
– Kurogiku. Das bedeutet: *schwarze Chrysantheme.*
Diese Worte sind mehr als alles, was Meister Kurogiku je irgendeinem Fremden über sich erzählt hat.
Casparo denkt: Das ist kein Vorname.
– Ein sehr schöner Name.
– In meinem Land würde man mich Meister Kurogiku nennen ...

Stille.

– Hier nennt man mich Herr Origami ...

Stille.

- Ein Zimmer.
- Ja, ich hätte gern ein Zimmer.
- Gut.
- Sie sind einverstanden?
- Wahrscheinlich sollte ich mit Ja antworten.
- Ich danke Ihnen ... Herr ... Meister.

Meister Kurogiku dreht sich um. Geht zurück. Dahin, wo er hergekommen ist. Setzt sich wieder. Vor sein Blatt Papier.

Es ist zerknittert.

An seiner Seite streckt sich Ima, gähnt, rollt sich zusammen. Und schläft wieder ein.

折り紙

– Meister Kurogiku? Wo soll ich hingehen?
– Gehen Sie, wohin Sie wollen.
– Könnten Sie mir zeigen …
Meister Kurogiku hebt die Hand. Atmet. Wendet den Kopf Casparo zu. Sagt zu ihm:
– Hat man Ihnen nicht gesagt … Die Leute. Haben die Leute Ihnen nichts gesagt.
– Nein. Man hat mir nichts gesagt. Man hat mich angelächelt, aber man hat mir nichts gesagt.

Stille.

– Dieses Haus gehört mir nicht. Wenn sein Eigentümer kommt, werde ich gehen.
– Das heißt …

– Das heißt, Sie sind frei.

Stille.

– Gehen Sie, wohin Sie wollen.

折り紙

Casparo sitzt ebenfalls jeden Tag. Draußen.
Auf seinen Knien ein großes Heft, das er mit Zeichnungen und Skizzen füllt.
Mit Bleistift.
An manchen Tagen legt Casparo sein Heft auf einen Tisch. Er nimmt ein Lineal. Einen Zirkel. Einen Taschenrechner. Er rechnet, zeichnet. Radiert aus, zeichnet neu.

折り紙

Eines Tages geht Meister Kurogiku auf Casparo zu, der unter einem *Kōzo* sitzt.
Ganz in der Nähe wandelt Elsa gelassen durch die Allee.
– Was tun Sie hier, Casparo.
– Ich studiere Uhrmacherei.
– Uhrmacherei. Hier in der Gegend gibt es keine Uhrmacherschule.
– Nein. Man muss nach Rom gehen.
– Nein. Man muss nach Genf gehen. Wie wollen Sie denn nach Rom kommen.
– Ehrlich gesagt, will ich es gar nicht. Ich bin fertig, verstehen Sie? Mein Studium. Ich habe es abgeschlossen. Ich mache weiter. Ich habe ... ein Projekt.
– Ein Projekt.

– Ja.
– Etwas wie: die komplizierteste Uhr der Welt.
– Aha.
– Ja. Um ganz genau zu sein, ich versuche eine *Komplikations*uhr zu entwerfen. In der Uhrmacherei ist eine Komplikation eine Zusatzfunktion. Zum Beispiel die Anzeige der Mondphasen.
– Ich verstehe.
– Oder auch das Datum. Die Wochentage. Die Monate.
– Ich verstehe.
– Schleppzeiger-Chronograph. Schaltjahre. Jahreszeiten. Zeitgleichung.
– Was ist das.
– Die wahre Sonnenzeit. Die Zeitgleichung zeigt den Unterschied an zwischen der Uhrzeit, die Sie ablesen – die alle Welt abliest –, und der wahren Zeit, der Zeit der Sonne.
– Ich verstehe.
– Ich versuche, ein Uhrwerk zu entwerfen, das alle bekannten und unbekannten Komplikationen enthält. Ich will ... ich würde gern die Uhr bauen, die alle Zeitmaße in sich bergen könnte.
– Alle Zeitmaße.
– Ja.
– Warum.
Casparo schaut Meister Kurogiku an. Lange.
Er zögert mit einer Antwort. Er öffnet den Mund. Schließt ihn wieder.

Atmet ein.
Endlich ergreift er das Wort, um die Frage zu beantworten, warum er versucht, eine Uhr zu bauen, die alle Zeitmaße enthält.
– Weil es mich beruhigt. Ich mache wahrscheinlich dasselbe wie Sie: Ich verbringe meine Zeit mit einer Tätigkeit, in der niemand einen Nutzen sieht. Das ist wahrscheinlich, was man eine Leidenschaft nennt.

In Meister Kurogikus Blick liest Casparo ein Lächeln.
Er fordert Casparo auf, ihm zu folgen.

Elsa schaut ihnen nach.

Auf der Veranda lässt Meister Kurogiku Papierblätter trocknen.
Er zeigt sie Casparo, wortlos, lächelnd.

Dann geht er.

折り紙

Casparo wendet sich dem Garten zu.
Draußen geht Elsa durch die *Kōzo*-Alleen. Casparo lächelt sie an.
Und gesellt sich zu ihr.
– Wie lange kennst du ihn schon, kleines Mädchen?
– Ich wohne in der Nähe. Eines Tages – ich war fünfzehn – habe ich hier beim Spazierengehen einen jungen Mann gesehen. Er lag auf dem Bauch, auf der bloßen Erde und beobachtete ein Pflänzchen, das aus dem Boden wuchs. Ich habe ihn gegrüßt. Er hat mir nicht geantwortet. Er wirkte besorgt. Als ich zurückkam, lag er immer noch genauso da. Ich war beunruhigt. Ich wollte mich vergewissern, dass es ihm gut ging. Ich erinnere mich an unsere erste Unterhaltung, als wäre es gestern gewesen. Dabei ist es vierzig Jahre her.

– Geht es dir gut?
Ohne sich umzudrehen, antwortete er mir auf Japanisch. Ich meine: ganz selbstverständlich. Als ob ... als ob ich verstehen müsste, was er mir sagte, verstehst du?
– Es tut mir leid, ich verstehe kein Japanisch, antwortete ich ihm.
Ich erinnere mich noch genau an seine Antwort. Eine Mischung aus Japanisch und Italienisch. Zwei Wörter:
– Signorina Tschāo.

折り紙

Ich habe ihn jeden Tag besucht.
Seine Gesundheit verschlechterte sich. Er aß fast nichts. Er hatte kein Geld. Er hatte gar nichts. Seine Setzlinge schienen das Wichtigste auf der Welt zu sein. Ich gab ihm Essen, das ich zu Hause stahl. Das war dumm, denn ich bin mir sicher, meine Eltern wären einverstanden gewesen, wenn ich es ihnen nur erklärt hätte. Aber dieser junge Mann war mein Geheimnis.
Eines Tages deutete ich auf seine Pflanzen.
Er antwortete mir:
– *Kōzo.*
Ich wusste nicht, was das war. Er suchte nach Worten. Er lächelte und versuchte es mit einem anderen Wort, das er mit einer Art Triumph aussprach, als gebe es keinen Zweifel, dass ich es verstehen würde:

– *Washi!*

Ich erinnere mich, wie ich die Stirn runzelte.

Er fegte mit der Hand durch die Luft, klopfte sich dann zweimal auf die Brust und sagte:

– Origami.

Er klopfte sich erneut auf die Brust. Zweimal.

Dann sagte er noch einmal:

– Origami.

Ich klopfte mir meinerseits mit der Hand auf die Brust, zweimal, und sagte:

– Elsa.

折り紙

Der Wind streicht über die Stunden und Tage hinweg. Die Sonne streicht über die Wochen und Monate.

Der Wind weht heute stark.
Casparo lässt die Umfriedung hinter sich, oder was davon übrig ist.
Er geht ein paar Minuten und sieht zwei Papierblätter, die über den Boden flattern.
Er rennt hin, hebt sie auf.
Das Papier hat eine weiche, geschmeidige und doch robuste Textur. Casparo sieht die langen Fasern durchscheinen.
Die Blätter müssen davongeflogen sein.
Casparo kehrt um.

Er bemerkt eine kleine Tür am Ende der Umfriedung.
Klapprig. Offen. Vergessen.
Casparo geht durch die Tür. Sie führt zu einem Pfad, der zu dem verfallenen Schwimmbad führt.
Hier findet er wieder Elsa, die auf dem Boden hockt und *Kōzo*-Zweige bündelt.

Die Katze Ima kommt ihnen entgegen.

折り紙

Elsa lächelt Casparo an.
– Du tust ihm sehr gut, weißt du. Er ist froh, dich zu sehen.

Casparo lächelt, antwortet aber nicht.

Er geht weiter. Die Katze folgt ihm.

Casparo bleibt einen Moment stehen, bückt sich und streichelt sie. Ima bewegt den Kopf und schnurrt zufrieden. Und verschwindet sogleich wieder.
Casparo dreht sich zu Elsa um.
– Wem gehört die Katze?
– Dem, der sich um sie kümmert.
Casparo lächelt. Elsa hat recht. So ist es wahrscheinlich

auch mit den Menschen. Wahrscheinlich gehören Lebewesen und Dinge denen, die sich um sie kümmern.

Casparo geht weiter und bleibt erneut stehen.
- Wer hat ihr diesen Namen gegeben?
- Das war er. Eines Tages hat er mir gesagt,
es bedeute *jetzt*.
- *Jetzt*? Das ist doch kein Vorname.

Casparo geht weiter und kommt an der Veranda an.

折り紙

Auf der Veranda sitzt Meister Kurogiku.
In *Zazen*-Haltung.
Vor ihm ein quadratisches Blatt Papier.
Etwas zerknittert.
Auf einem niedrigen Holztisch.

折り紙

Der junge Mann steht vor Meister Kurogiku.
– Und Sie, Meister Kurogiku?
Meister Kurogiku regt sich nicht.
Der junge Mann regt sich auch nicht. Seine Reglosigkeit ist von gleicher Art.
Ruhig und sicher.
Meister Kurogiku zögert. Er verharrt noch ein paar Sekunden. Dann taucht er aus seiner Meditation auf.
Und sieht Casparo an.
– *Was,* und ich.
– Was tun Sie hier?
Meister Kurogiku deutet auf das Papierquadrat auf dem niedrigen Holztisch.
– Was, dieses zerknitterte Papier?
– Dieses Papier ist *nicht* zerknittert.

– W...

– Seien Sie still. Seien Sie still, Casparo.

Draußen ist Elsa aufgestanden. Sie hat ihre *Kōzo*-Zweige losgelassen.

Und sieht sie an.

禪

ZEN

Der Antrag auf Neuaufnahme Nr. 10.22 kommt aus Japan. Der Titel lautet: Washi – Kunsthandwerk des traditionellen japanischen Büttenpapiers.

Wie alle anderen auch enthalten die Bewerbungsunterlagen Japans:
– ein Antragsformular
– den Nachweis des Einverständnisses der betreffenden Gemeinden
– zehn Fotos und
– ein kurzes Video.

禪

Meister Kurogiku hat einen Beruf.
Er stellt Papier her.

Meister Kurogiku hat eine Leidenschaft.
Aus dem Papier, das er hergestellt hat, faltet er Origami-Figuren.

Meister Kurogiku hat ein spirituelles Leben.
Vor dem Papier, das er gefaltet hat, übt er *Zen*.

Wobei *gefaltet* nicht ganz zutrifft.

禪

– Ich tue genau dasselbe wie Sie, Casparo.
– Dasselbe wie ich? Ich zeichne Pläne für Uhren.
– Nein. Das Zeichnen ist nur der Ausdruck dessen, was Sie *wirklich* tun.
Stille.
– Was Sie tatsächlich tun, Casparo, ist *verstehen.*
– Verstehen?
– Ja. Verstehen. Den Mechanismus verstehen.
Stille.
– Ich tue genau dasselbe wie Sie. Ich setze mich vor dieses Origami und verstehe dessen Mechanismus.
Stille.
Casparo sagt:
– Dieses Blatt ist kein Origami, es ist bloß ein zerknittertes Blatt Papier.

– Dieses Blatt Papier ist *nicht* zerknittert, Casparo. Das habe ich Ihnen schon gesagt.
– Was ist es dann?

Stille.

– Es ist *entfaltet*.

禪

Meister Kurogiku pflanzt *Kōzo* an, stellt *Washi* her,
faltet *Origami*-Figuren.
Aber der wichtigste Schritt, derjenige,
der nicht nur Meister Kurogikus Tätigkeit Sinn
verleiht, sondern tatsächlich dem, was er im tiefsten
Inneren ist, oder genauer gesagt dem,
was den Zugang zu seinem tiefsten Inneren erlaubt,
der wichtigste Schritt, nachdem er seine Origamis
gefaltet hat, ist eben dieser: Ihre *Entfaltung*.
Dann legt er sie vor sich. Setzt sich in *Zazen*-Haltung.
Und meditiert in der Stille.

禪

Meister Kurogiku betrachtet das Papier, die Linien,
die Schnittpunkte, die von den Falten hinterlassenen
geometrischen Muster.
Denn jedes Origami hinterlässt auf dem Papier
die Spur der Falten, deren Komposition und Struktur
bei jedem Modell einzigartig sind.
Wie die einzigartigen Kristalle einer Schneeflocke.
Seine Fingerabdrücke.

禪

Stundenlang sitzt Meister Kurogiku in *Zazen*-Haltung und richtet seine Aufmerksamkeit auf die Linien eines entfalteten Origami-Blattes.
Er vollzieht die Reihenfolge der Faltungen nach, bis es ihm durch die Kraft seiner Gedanken gelingt, die Figur wiederherzustellen.

禪

Meister Kurogiku lädt Casparo ein, sich zu setzen.

Und er sagt:
– Man kann nicht verstehen, wohin man geht, wenn man nicht weiß, woher man kommt.

Dann:
– Woher man kommt, ist äußerst einfach. Denn im Ursprung ist nichts.

Dann:
– Doch dieses Nichts birgt in sich bereits die Gesetze von allem, was es gab, als wir noch nicht da waren, von allem, was es heute gibt, da wir da sind,

und von allem, was es morgen geben wird, wenn wir nicht mehr da sein werden.

Dann:
– Wie ein Blatt Papier, das noch keine Form gebildet hat, bereits alle notwendigen Falten in sich birgt, die zur Verwirklichung eines Origamis nötig sind.

Dann:
– Die Regeln des Origami sind einfach. Genauso wie die Regeln des Universums, die alle in einer Handvoll Gesetze enthalten sind. Die bis heute niemand hat vereinen können. Aber sie sind da. Es gibt sie. Wir alle sehen und spüren ihre Auswirkung. Aber wir haben keinen Zugang zu ihren Formeln.

Dann:
– Das ist es also.

Stille.

Casparo sagt:
– Das ist also was?
– Das, was ich tue.
– Ich kann Ihnen immer noch nicht folgen, Meister Kurogiku.

禪

Meister Kurogiku seufzt, dann sagt er:
– Wie kann man verstehen, wohin man geht, wenn man nicht weiß, woher man kommt. Wie kann man die Einfachheit dessen verstehen, wo man herkommt, wenn man die Einfachheit der Falten eines Origamis nicht versteht.

Stille.

– Wenn man sich ausgehend von den Faltlinien eines kleinen Papierquadrats von zehn mal zehn Zentimetern nicht vorstellen kann, welche Form sie ergeben, ist es sinnlos, verstehen zu wollen, woher wir kommen und wohin wir gehen.
– Ich versuche nicht zu ...

– Sie haben mir gesagt, Sie suchen nach dem Maß der Zeit. Der Mensch versteht die Zeit nicht. Der Mensch hat ihre Messung erfunden. Er hat die Zeit um ein Ziffernblatt gewickelt und dann *gefaltet*.
– Gefaltet?
– Gefaltet. Der Mensch hat die Zeitlinie gefaltet. In Sekunden. In Minuten. In Stunden. In Tage. In Wochen. In Monate. In Jahre. In Jahrhunderte. In Jahrtausende. In Zeitalter. In Ewigkeit. Der Mensch weiß, was die Sekunde und das Jahrtausend sind. Eine Kratzspur in der Zeit. Eine Falte in der Linie der Zeit. Aber die Zeit, die Zeit selbst, die Linie, die keine Falte hat, die weder Anfang noch Ende noch Maß noch Tiefe kennt, versteht der Mensch nicht. Sie wollen eine *komplizierte* Uhr bauen, sagen Sie. Aber sind Sie denn in der Lage zu verstehen, was eine einfache Uhr ist.
– Eine einfache Uhr?
Stille.
– Nun, das ist eine Uhr, die die Stunde anzeigt.
– Die Stunde. Und die Minuten. Und die Sekunden.
– Ja.
– Sie wissen, was eine einfache Uhr ist.
– Ja.
– Aber verstehen Sie es. Verstehen Sie, was eine Stunde, eine Minute, eine Sekunde ist.
Casparo weiß es nicht.
Was ist im Grunde eine Stunde, eine Minute, eine Sekunde? Was ist es wirklich?
Casparo weiß es nicht.

– Betrachten Sie Ihr Projekt, Casparo, wie ein Origami.

– Ein Origami?

– Entfalten Sie Ihre Uhr. Entfalten Sie die Linie der Zeit.

禪

Draußen legt Casparo sein Heft und seine
Instrumente weg.
Er zeichnet nicht mehr.
Auf dem Boden betrachtet er den Schatten eines *Kōzo*,
den die Sonne mit unsichtbarer Tinte auf den
steinigen Sandboden wirft.

禪

Casparo und Meister Kurogiku schweigen oft zusammen.
Sie reden auch oft miteinander.
Eines Tages wagt Casparo zu fragen:
– Sie haben meine Frage neulich nicht ganz beantwortet.
– Welche Frage.
– Ich hatte Sie gefragt, was Sie hier tun.
– Ich habe Ihnen geantwortet.
– Sie haben mir gesagt, was Sie tun.
– Ja.
– Nicht, was Sie *hier* tun.

禪

Stille.

Meister Kurogiku denkt: *Es ist Zeit. Es ist wirklich Zeit.*

Meister Kurogiku sieht Casparo an.
– Ich bin auf der Suche nach einer Frau hierhergekommen.
– Haben Sie sie gefunden?
– Nein.
– Wie heißt sie?
– Ich weiß es nicht. Ich nenne sie Signorina Tschão.
– Eine Japanerin in Italien?
Meister Kurogiku sieht Casparo an.
– Nein. Eine Italienerin in Japan.

禪

Ich bin mit meinem Vater zusammen.
Ich schwenke die *Washi*-Pulpe auf meinem Sieb vor und zurück.
Ich bin zwanzig Jahre alt. Ich stelle *Washi* her und suche im Nebel meiner Gedanken, was ich aus meinem Leben machen will.
Mein Vater ist ein fröhlicher Mann, aber seine Freude hat etwas wie eine Schattenseite.
Da erblicke ich durch das Fenster einen schwarzen Panther.

禪

Sie hat langes schwarzes Haar, glänzend, leicht gewellt.
Ihre Augen sind zwei schwarze Pupillen.
Zwei glänzende Murmeln. Zwei Hämatite.
Sie steht auf hohen, zierlichen Pumps – schwarz –,
die ihre schwarz lackierten Zehennägel erkennen
lassen. Die Absätze betonen die vollendete Linie ihrer
Waden. Ihre Haut schimmert seidig.
Der Saum ihres schwarzen Kleides weht im Wind.
Stolz, aber nicht hochmütig. Reglos – von jener
Reglosigkeit, die allein mit dem Wort *still* näher
zu bestimmen ist. Eine stille Reglosigkeit.
Ich erliege ihrem Zauber. Die Zeit bleibt stehen.

Sie geht. Ich sehe sie nie wieder.

禪

Ich komme wieder zu mir, ich befrage die Leute im Dorf. Niemand weiß etwas über sie.

Bis auf ein Kind.

Ein Kind hört sie ein Wort aussprechen, auf Japanisch, das es nicht versteht.

Tschāo.

禪

Da gehe ich.

Einfach so.
Mein Vater läuft hinter mir her. Er stellt mir keine Frage. Er sagt nur: Es ist Zeit für den *Chadō*. Die Teezeremonie.
Ich folge ihm. Schweigend verstehen wir, dass diese Zeremonie die letzte ist.
Aus dem Gesicht meines Vaters verflüchtigt sich jede Freude. Es bleibt ein erloschenes Gesicht. Weder traurig noch verzweifelt oder zornig.
Ein totes Gesicht.
Am Ende des *Chadō* gibt er mir einen Origami-Kranich.

Er verlässt den Raum, ohne ein Wort, ohne einen Blick, ohne mir Auf Wiedersehen zu sagen.

Da gehe ich.

Diesmal wirklich.

禪

Ich verlasse alles, um ihr zu folgen, wo sie auch sein mag.
Ich habe keine Chance, sie wiederzufinden. Das weiß ich.
Seit ein paar Jahren schon drängt mich etwas zu gehen, mein Dorf, vielleicht mein Land zu verlassen. Wenn es sein muss. Ich weiß nicht warum, ich weiß nicht wohin. Diese Frau gibt mir zwar keinen Grund, aber doch einen Vorwand. Oder vielmehr andersherum, als wäre der Nebel meiner Gedanken der Vorwand, der die Einfachheit des Lebens verbirgt. Das Leben ist einfach. Ich begegne einer schwarzen Pantherin, und ich folge ihr.

Warum?

Weil ich ihr begegnet bin.

禪

Ich gehe.

Mit der Zeit begreife ich, dass dieses Wort von ihr,
das das Kind gehört und nicht verstanden hat,
kein Japanisch ist, sondern *Italienisch.*

Sie ist nicht Japanerin. Sie ist Italienerin. Sie hat nicht
Tschāo gesagt. Sondern *Ciao.*

Ciao.

Also reise ich weiter bis in das Land, aus dem sie
kommt.
Auf der Suche nach *Signorina Ciao*.
Und lande hier.

禪

Casparo und Elsa gehen am verfallenen Schwimmbad entlang.

– Junges Mädchen, wusstest du das?
– Was denn, junger Mann?
– Nun, das alles: Meister Kurogiku, Signorina Ciao.
– Ich kenne ihn seit vierzig Jahren.
– Aha.
– Und ...
– Ja?
– Und ich weiß noch viel mehr.
– Was denn?
– Wo alles begonnen hat.
– Erzähl mir davon.

禪

Elsa sagt:
– Meister Kurogiku meditiert über den Ursprung aller Dinge. Er hat einen Grund dafür.

Sie sagt weiter:
– Meister Kurogiku meditiert über *Washi*-Blätter.
Es gibt einen Grund dafür.

Sie sagt weiter:
– Meister Kurogiku hat dem Leben entsagt. Es gibt einen Grund dafür.

Elsa sagt schließlich:
– Jede Schönheit hat ihre Schattenseite. Ich sage dir nicht mehr. Suche in den Anfängen.

Dann mit einem Kopfnicken:
– Geh. Jetzt ist es an ihm fortzufahren.

今

IMA

In seiner Sitzung vom 28. November 2014 entscheidet sich der Unesco-Ausschuss zugunsten der Aufnahme.

Die Washi-Herstellung steht also seit 2014 auf der Liste einer Organisation, die für den Frieden arbeitet. Die Washi-Herstellung gilt als Immaterielles Kulturerbe der Menschheit.

Aber jede Schönheit hat ihre Schattenseite …

今

Jede Schönheit hat ihre Schattenseite ...
Suche in den Anfängen ...
Man kann nur verstehen, wohin man geht, wenn
man weiß, woher man kommt ...
Seit ein paar Jahren schon drängte mich etwas
zu gehen ...

Casparo denkt nach.
Und versteht schließlich.

Da schläft Casparo ein und träumt von einem Schloss.

今

Casparo und Meister Kurogiku schweigen oft zusammen.
Sie reden auch oft miteinander.
Eines Tages wagt Casparo zu fragen:
– Wie lange braucht ein Mann, um sich vom Schmerz einer Nicht-Liebe zu erholen?
Meister Kurogiku antwortet nicht.
– Sie haben nie geheiratet.
– Meine Seele ist mit einer schwarzen Pantherin verbunden.
– Sie sind ihr nur ein einziges Mal begegnet.
– Das ist vierzig Jahre her. Doch sie ist immer noch in meinem Gedächtnis. In meinem Herzen. Ich werde sie wiedersehen.
– Suchen Sie sie denn?

– Ich bin am Leben. Ich lasse das Schicksal sein Werk tun. Ich werde sie wiedersehen, wenn es geschehen soll. Ich zwinge das Schicksal nicht. Ich erfülle nur meinen bescheidenen Auftrag als Mensch. Um zum Schicksal beizutragen.

– Wie?

– Indem ich lebe. Indem ich Dinge tue oder nicht tue. Indem ich rede oder schweige. Indem ich mich bewege und innehalte. Wir sind die Rädchen im Getriebe einer sehr komplizierten Uhr. Wir verstehen nicht immer, was eine kleine Bewegung von uns auf der anderen Seite des Ziffernblatts bewirkt.

Eines Tages werde ich sie wiederfinden. In diesem Leben oder in einem anderen. Ich werde die Frau wiederfinden, die mich hierhergeführt hat.

今

Heute gelingt es Meister Kurogiku nicht zu meditieren.

Casparo befragt ihn.

– Warum schauen Sie diese Papierblätter an?

Meister Kurogiku antwortet nicht.

– Warum stellen Sie *Washi* her?

Meister Kurogiku antwortet nicht.

– Warum *entfalten* Sie Ihre Origamis?

Meister Kurogiku antwortet nicht.

– Warum sind Sie nie nach Japan zurückgekehrt?

Meister Kurogiku antwortet:

– Ich bin dorthin zurückgekehrt. Einmal. Nach dem Tod meines Vaters. Ich war fünfundzwanzig. Den ganzen Weg, den ich gegangen war, um hierherzukommen, habe ich in die andere Richtung zurückgelegt. In der Absicht, in Japan zu bleiben.

– Aber Sie sind hierher zurückgekommen, nach Italien. In diese Ruine.

– Ja.

Ein *Warum?* bleibt Casparo in der Kehle stecken.

今

Meister Kurogiku hört die Frage, die Casparo ihm nicht stellt.

– Ich hatte die Wahl. Meinem Nebel zu folgen oder meinem Lichtblitz.

Stille.

– Ist nicht alles im Leben nur Vorwand.

Ist der Nebel nicht der Vorwand für die Klarheit, die man vor sich selbst verbergen will. Man weiß etwas und gibt vor, es nicht zu wissen. Man hat die Antwort, trotzdem fragt man. Man zweifelt an sich selbst und gibt vor, an den anderen zu zweifeln. Man wird geliebt und gibt vor, an dieser

Liebe zu zweifeln.

Stille.

– Ich lebte von Projektionen, von Träumen, von

Vergangenem und Zukünftigem. Es war Zeit, die Gegenwart meines Körpers und des *Jetzt* zu leben.
Casparo sagt:
– Ima?
Meister Kurogiku lächelt und antwortet ihm:
– *Ima.* Jetzt.

今

Casparo sieht Meister Kurogiku an.
– Sehen Sie mich an. Meister Kurogiku, sehen Sie mich an.
Sie regen sich nicht.
Es herrscht absolute Stille.
Vollkommene Reglosigkeit.
Die vollkommene Reglosigkeit eines Sees, der den Himmel widerspiegelt und die Kämpfe verbirgt, die sich unter der Oberfläche abspielen: Pflanzen, rastlose Fische, Strömungen.
Casparo hat seinen Satz dutzende Male wiederholt.
Er wartet, bis Meister Kurogiku aufblickt.
Lange Minuten.

今

Meister Kurogiku blickt auf. Er sieht ihn an.
Casparo holt tief Luft, unhörbar, ehe er den Satz sagt, den er so oft innerlich wiederholt hat:
- Nehmen Sie mich mit.
Stille. Blicke ineinander, wie zwei ineinander gefaltete Origamiblätter. Wie zwei miteinander verschlungene *Kōzo*-Fasern in einem *Washi*-Blatt. Wie zwei Rädchen, die ineinandergreifen.
- Meister Kurogiku. Nehmen Sie mich mit. Dorthin.
Stille.
- Nehmen Sie mich mit nach Japan.
Stille.
- Nehmen Sie mich mit in Ihr Land.

今

Meister Kurogiku und Casparo fliegen nach Japan.

Während der Reise spricht keiner von ihnen.

今

Nach zweitägiger Reise kommen Sie in Japan an, dann in der Provinz, dann im Heimatdorf von Meister Kurogiku.

Sie finden ein Zimmer für die Nacht und schlafen dort.

今

Am nächsten Tag gehen Meister Kurogiku und Casparo auf den Friedhof.
Meister Kurogiku führt ihn zum Grab seines Vaters.
– Als ich zum Begräbnis meines Vaters nach Japan zurückgekommen bin, habe ich einen alten Mann getroffen, der ihn gekannt hatte. Er hat in den Falten meines Gesichts das Gesicht meines Vaters erkannt.
›Ich bin Mukai‹, sagte er. ›Und du bist Kurogiku. Ja. Ich erkenne in den Falten deines Gesichts das Gesicht deines Vaters. Ich habe dir etwas Wichtiges zu sagen.‹
›Etwas Wichtigeres als den Tod meines Vaters?‹
Mukai schwieg einen Moment, dann fragte er:
›Kurogiku, hast du schon einmal vom Fugo-Projekt gehört?‹
›Nein.‹

›1944 hat unser Land die Vereinigten Staaten bombardiert.‹
›Was hat das mit mir zu tun?‹
›Dein Vater hat dazu beigetragen, ohne es zu wissen.‹
›Mein Vater? Mein Vater hat die Amerikaner bombardiert?‹
›Nicht direkt ... Aber unwissentlich hat er dazu beigetragen.‹
›Wie? Was ist dieses ...‹
›Fugo.‹
›Ja, Fugo. Was ist das für ein Projekt?‹
›1944 hat Japan die Vereinigten Staaten bombardiert und dazu zwei natürliche, harmlose Elemente verwendet.‹
›Welche?‹
›Papier und Wind.‹

今

Casparo sieht Meister Kurogiku an.
- Papier und Wind?
- So hat es der alte Mann mir gesagt.
- Erzählen Sie weiter.

今

– Papier und Wind?
– Ja. *Washi* und den Jetstream. Japan hat riesige Papierballons herstellen lassen. Zehn Meter im Durchmesser. Sie wurden mit Wasserstoff gefüllt und transportierten Bomben. Die Widerstandsfähigkeit des *Washi* war unübertrefflich. Die Armee hatte die Handwerker nicht eingeweiht, woran sie da arbeiteten. Der Jetstream trug die Ballons in zehn Kilometer Höhe nach Osten. Das Projekt war kein großer Erfolg. Im Laufe von sechs Monaten schickte Japan 9300 Ballons los. Nur sehr wenige erreichten das Feindesland. Aufgrund eines Fabrikationsfehlers gelangten weniger als 500 auf amerikanischen Boden.
– Mein Vater stellte *Washi* her.
– Ja. Die Ballons wurden mit *Washi* gebaut, das unter

anderem aus der Werkstatt deines Vaters stammte, Kurogiku.

– Aber Sie sagen, dass nur sehr wenige Ballons in den Vereinigten Staaten angekommen sind.

Der alte Mann schweigt. Als er wieder das Wort ergreift, sagt er:

– Dein Vater war ein Künstler, Kurogiku. Ein großer Meister.

Stille.

– Alle Ballons, die die amerikanische Küste erreichten, waren aus dem *Washi* deines Vaters gebaut worden.

今

– Gab es Tote?
– Nein. Aber dein Vater blieb von den Spuren der Geschichte, die zu schreiben er unwissentlich beigetragen hatte, für immer gezeichnet.
– Warum?
– Eine Frage des Prinzips. Dein Vater hat so hochwertiges Papier hergestellt, dass nur seines als Kriegswaffe dienen konnte, verstehst du? 1940 schrieb Einstein an Präsident Roosevelt, um ihn zu warnen, dass die Nazis eine Atombombe entwickelten. Einstein, dessen Theorien die Herstellung der Bombe ermöglicht hatten, wollte den Präsidenten warnen. Der Präsident tat mehr, als nur davon Kenntnis zu nehmen: Er ordnete die Herstellung einer amerikanischen Atombombe an. Einstein bereute

sein Leben lang, diesen Brief geschrieben zu haben. Noch eine Papiergeschichte.

今

Meister Kurogiku und Casparo verlassen den Friedhof. Der Meister führt den jungen Mann in Richtung Dorf. Sie nehmen einen gewundenen Feldweg.

Handwerker bei der Arbeit. Genauso wie sonst Meister Kurogiku halten sie einen Bambusrahmen zwischen den Händen, den sie in einen großen Bottich tauchen. Sie schwenken den Rahmen, um die Pulpe zu verteilen und das Wasser abfließen zu lassen.

- Wo sind wir?
- In Higashi Chichibu.

今

– 2014 hat die Unesco das Handwerk der *Washi*-Herstellung als immaterielles Kulturerbe der Menschheit anerkannt.

– Das wusste ich nicht.

– Mein Dorf, Higashi Chichibu, ist eine der drei Gemeinden, in denen die *Washi*-Herstellung anerkannt wurde. Das ist wichtig. Verstehen Sie? Für die Leute hier ist das wichtig. Es ist eine Revanche.

Casparo nickt. Er versteht.

– Das *Washi* ist ein Papier des Friedens und der Harmonie. Kein Papier, aus dem man Bomben baut. Die Handwerker stellen Papier her, die Regierungen verwandeln es in Bomben. Die Handwerker wussten nichts davon.

– Auch Sie wussten nichts davon.

– Ja.
– Sie haben es erst nach dem Tod Ihres Vaters erfahren.
– Mein Vater sprach wenig. Aber er war ein fröhlicher Mann.
Casparo sieht Meister Kurogiku unverwandt an.
– Sie können dieses Dorf nicht für die Augen einer Pantherin verlassen haben.
– So absurd es erscheinen mag, es ist die Wahrheit. Das *Washi* ist eine schwierige Kunst. Heute bin ich stolz darauf, dass mein Vater sie an mich weitergegeben hat. Mit zwanzig träumte ich nicht von Papier. Ich wusste nicht, was ich wollte, ich tappte im Nebel. Diese Frau hat mir eine Antwort gebracht. Ich bin dem schwarzen Licht gefolgt.
– Sie haben wirklich für eine Frau *alles* verlassen.
Meister Kurogiku schweigt. Sieht Casparo an. Spricht:
– Stellen Sie sich nur diese eine Frage: *was* verlassen.
– Nun, alles, was Sie hatten.

Meister Kurogiku schweigt. Länger. Schließt die Augen. Atmet. Spricht dann:
– Was nützt uns alles Haben, wenn es uns an Sein fehlt.

今

Meister Kurogiku stellt *Washi* her.
Wie sein Vater vor ihm.

Washi bedeutet: *Papier des Friedens und der Harmonie.*

Jede Schönheit hat ihre Schattenseite.

今

Meister Kurogiku und Casparo verlassen Japan und fliegen zurück in die Toskana.
Unterwegs sprechen sie kein Wort.

今

Bei ihrer Heimkehr holt Meister Kurogiku ein trotz seines Alters wenig abgenutztes Origami aus seiner Tasche. Es ist aus *Washi* gefaltet.

- Was ist das?
- Der Kranich, den mein Vater mir geschenkt hat.

Meister Kurogiku betrachtet das Stück Papier.

今

Casparo nimmt sein Heft wieder zur Hand. Er sitzt im Schatten eines *Kōzo* und denkt nach.

Meister Kurogiku setzt sich in *Zazen*-Haltung auf die Veranda, ein quadratisches *Washi*-Blatt vor sich auf dem Tisch. Es wirkt zerknittert, ist es aber nicht. Es ist einfach nur entfaltet.

今

Casparo und Meister Kurogiku schweigen oft zusammen.
Sie reden auch oft miteinander.
– Meister, kürzlich haben Sie mich gefragt, ob ich wisse, was eine einfache Uhr ist. Es ist eine Uhr, die die Uhrzeit anzeigt.
– Ich erinnere mich.
– Ich habe über Ihre Origamis nachgedacht. Sie haben recht. Wozu ist es gut, die Zeit zu falten, sie in Minuten zu zerteilen, in Sekunden, oder sie zu Tagen oder Wochen, zu Monaten oder Jahren zusammenzufassen.

Stille.
– Ich habe darüber nachgedacht und beschlossen, eine neue Uhr zu erfinden.

– Was für eine Uhr.
– Die einfachste Uhr der Welt. Eine Uhr, die lediglich die einzigen Zeitfalten misst, die für den Menschen greifbar sind. Den Tag und das Jahr.
Stille.
– Der Tag und das Jahr sind die einzigen Realitäten der vergehenden Zeit und die Maße, die der Mensch erfassen kann: die Drehung der Erde um sich selbst. Und die Drehung der Erde um die Sonne. Der ganze Rest ist Literatur. Mathematik. Falten.
Stille.
– Ich will einen einfachen Mechanismus bauen, den ich unter zwei drehbaren Scheiben verbergen werde. Die kleinere Scheibe in der Mitte wird braun sein und keinerlei Zeichen tragen. Dahinter eine größere gelbe Scheibe.
– Wie wird sie die Stunde anzeigen?
– Sie wird die Stunde nicht anzeigen.
– Was wollen Sie dann?
– Die braune Scheibe stellt die Erde dar und wird in einem Tag eine Umdrehung vollführen. Die hintere, gelbe Scheibe, stellt die Erde dar und vollführt eine Umdrehung in einem Jahr.
– In einem Jahr?
– Ja. Das Objekt wird kein Instrument zur Zeitmessung mehr sein, sondern zur Betrachtung der vergehenden Zeit.

今

Eines Tages – vielleicht ist ein Monat vergangen oder ein Jahr, wer weiß? – kommt Casparo zu Meister Kurogiku.

Am Eingang der Veranda sitzt Elsa. Sie betrachtet gelassen die Täler, die sich hinziehen. Weithin.

– So. Ich bin fertig. Ich werde bald fortgehen.
– Viel Glück, junger Mann.

Casparo schweigt. Er will etwas sagen, findet aber die richtigen Worte nicht.
Meister Kurogiku wartet.

Casparo hat die richtigen Worte noch nicht ganz gefunden, sagt aber trotzdem:
- Sie sind nicht verantwortlich, Meister Kurogiku.
- Wovon reden Sie?
- Von Ihrem Vater. Sie sind nicht verantwortlich.
- Das weiß ich.
- Sie haben das Recht, verliebt zu sein.
- Warum sagen Sie mir das?
- Sie werden Ihre schwarze Pantherin wiederfinden. In diesem Leben oder in einem anderen. Das sagten Sie.
- Ja.
- Sie sollten dem Leben dankbarer sein.
- Was meinen Sie?
- Als Sie hier in der Toskana angekommen sind, waren Sie ein toter Mann.

Bei diesen Worten blickt Elsa zu ihnen hinüber.

今

Meister Kurogiku betrachtet das Origami, das sein Vater ihm hinterlassen hat.

Casparo sagt:
– Meister Kurogiku, noch etwas.
Stille.
– Sie wissen, dass Sie es eines Tages werden tun müssen.
Stille.
– Vielleicht ist dieser Tag jetzt gekommen.
Stille.
– Sie, der Sie über den Ursprung aller Dinge meditieren.
Stille.
– Sie, der Sie das Leben entfalten, um es zu verstehen.

Stille.

– Was haben Sie aus ihrem Leben gemacht?

Stille.

– Papier. Faltungen. Und Entfaltungen.

Stille.

– In der Einsamkeit.

Stille.

今

Meister Kurogiku sitzt. Seit etwas über einer Stunde schon.
In *Zazen*-Haltung.
Vor ihm ein quadratisches Blatt Papier.
Gefaltet.
Ein Origami.
Auf einem niedrigen Holztisch.

Das Origami stellt einen Kranich dar.

今

Und da

Bewegt sich Meister Kurogiku
Langsam
Auf das Origami zu.

Er nimmt es zwischen die Finger
Langsam
Und entfaltet es.

今

Im Inneren
erkennt Meister Kurogiku die Schrift seines Vaters. In seiner Schrift, ein Haiku, ein japanisches Kurzgedicht.

Etwa zweihundert Jahre alt.

Sein Verfasser heißt Kobayashi Issa.

今

Auf der Veranda, wo er in *Zazen*-Haltung sitzt, blickt Meister Kurogiku auf und sieht zum verfallenen Schwimmbad hinüber.

Neben dem verfallenen Schwimmbad steht Casparo in einer *Kōzo*-Allee. Seine Tasche über der Schulter. In seiner Tasche ein Heft. In dem Heft,
das Versprechen einer Uhr. Die Katze Ima streicht schnurrend um seine Füße.

Auf der anderen Seite des Schwimmbads, in einer anderen *Kōzo*-Allee, sammelt Elsa Zweige auf und bündelt sie. Sie wirkt abwesend – oder gerade sehr gegenwärtig, in ihren Gedanken.

今

Casparo spricht, und der Wind trägt seine Worte bis zur Veranda, auf der Meister Kurogiku sitzt.

– Seien Sie weniger undankbar gegenüber dem Leben, Meister Kurogiku.

– Danke, junger Mann.

– Danke Ihnen. Es ist Zeit für mich zu gehen.

– Eines Tages werde auch ich gehen.

– Ja, wenn der Eigentümer kommt, nicht wahr?

– Ja.

– Wem gehört diese Ruine?

– Ich weiß es nicht. Wenn ihr Eigentümer kommt, werde ich gehen.

– Ihr Eigentümer ...

– Ja. Ihr Eigentümer.

Casparo sieht Meister Kurogiku an.

Er sagt:
- Ihr Eigentümer ...

Casparo lächelt.

Es ist nun Zeit.

今

Casparo geht am verfallenen Schwimmbad an der *Kōzo*-Plantage entlang. Er geht hinaus, durch die vergessene kleine Tür am Ende der Umfriedung. Offen. Klapprig.

Ima, die Katze, folgt ihm.

今

Etwas weiter bückt sich Elsa und bündelt *Kōzo*-Zweige.

Einen Augenblick lang meint Meister Kurogiku,
sie habe ihn angesehen.

INHALT